CAIO PERICINOTO

É TIPO ISSO

FALA, MITO!

Aproveitando que você está aqui, quero deixar um recado importante: a Única quer muito saber a sua opinião sobre os livros. Então curta a página no facebook.com/UnicaEditora, siga a @UnicaEditora no Twitter e no Instagram @unica_editora e visite o site www.unicaeditora.com.br.

É ISSO AÍ. BOA LEITURA E BONS DESAFIOS!

CAIO PERICINOTO

É TIPO ISSO

M MANUAL QUASE PRÁTICO
ARA TIRAR AS IDEIAS DO PAPEL,
ROLLAR OS AMIGOS
EM PERDER A AMIZADE, CLARO!)
SAMBAR NA CARA DOS
SAFIOS DA VIDA REAL!

foi essa galera que fez o livro possível. obrigado!

Diretora
Rosely Boschini

Gerente Editorial
Carolina Rocha

Assistente Editorial
Juliana Cury Rodrigues

Controle de Produção
Fábio Esteves

Preparação
Luciana Baraldi

Projeto Gráfico e Diagramação de Miolo e Capa
Vanessa Lima

Fotos do Miolo e da Capa
Alexandre Araki

Revisão
Vero Verbo Serviços de Editoração

Impressão
Edições Loyola

mãe! pai! tô no livro!

Única é um selo da Editora Gente

Rua Wisard, 305, sala 53
São Paulo, SP – CEP 05434-080
Telefone: (11) 3670-2500
Site: www.unicaeditora.com.br
E-mail: gente@editoragente.com.br

tá cheio de coisa legal lá!

Dados Internacionais de Catálogo na Publicação (CIP)
Angélica Ilacqua CRB-8/7057

Pericinoto, Caio
É tipo isso : um manual quase prático para tirar as ideias do papel, trollar os amigos (sem perder a amizade, claro!) e sambar na cara dos desafios da vida real! / Caio Pericinoto. – 1ª ed. – São Paulo : Única, 2018.
96 p.

ISBN 978-85-9490-036-4

1. Pericinoto, Caio, 1991- Biografia 2. Youtube (Recurso eletrônico) 3. Entretenimento I. Título

18-0719 CDD 920

Índice para catálogo sistemático:
1. Autobiografia

DEDICATÓRIA

Para minha família, meus amigos e as milhões de pessoas que acompanham meu trabalho pelo YouTube e pela televisão.

E, é claro, para você, leitor, que caiu de paraquedas aqui e não sabe quem sou.

Espero que este livro/manual ajude você de alguma forma a superar um pouco (→ ou totalmente!) da timidez ou a refletir sobre alguns assuntos que falaremos aqui.

Ah! Não esqueça de se inscrever nos meus canais, curtir e compartilhar meus conteúdos com os amigos! Hahahaha.

CANALETIPOISSO
@CAIOPERICINOTO
CAIO PERICINOTO

pode emprestar o livro para os amigos, contanto que eles não respondam por você

E se você quiser dar este livro de presente para alguém, faça a sua dedicatória: ....

....

....

AGRADECIMENTOS

Agradeço o apoio da minha família nesta jornada: minha mãe e meu pai, que sempre estiveram ao meu lado desde o início, sempre acreditando e me incentivando nas ideias malucas.

mãe, acredita que eu escrevi um livro?

de quem eu herdei o lado piadista

Ao meu grande amigo Victor (Japonês), por me ajudar a concretizar este sonho.

e por me deixar trollá-lo tantas vezes (sempre pelo bem do canal!)

E a você, por estar aqui e acompanhar o meu trabalho – e, se ainda não o fez, não esqueça de se inscrever nos meus canais, curtir e compartilhar meus conteúdos com os amigos (vida de youtuber é assim, né)!

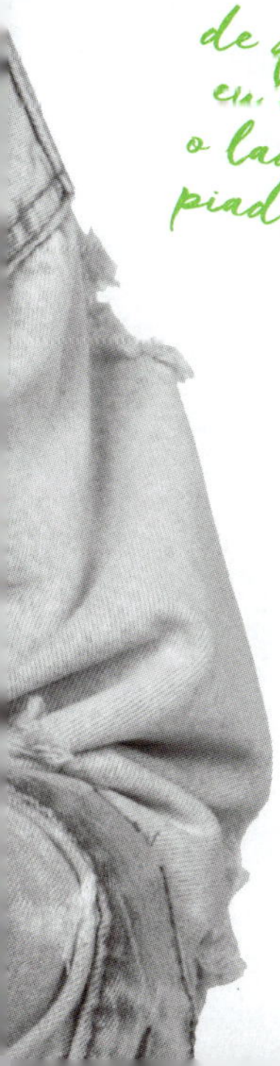

ANTES DE COMEÇARMOS

Antes de me apresentar para quem ainda não me conhece, quero contar a você um pouco sobre este livro. Resolvi me aventurar neste mundo editorial por vários motivos que vou contar ao longo das próximas páginas, enquanto superamos alguns desafios juntos.

Mas tem uma coisa que você precisa saber agora mesmo: a vida é tipo isso, tipo este livro. Você vai rir pra caramba, vai chorar, vai tropeçar, vai levantar, vão colar você no teto do carro e no dia seguinte você vai construir um muro em volta do carro de alguém. Você vai superar seus medos e desafios e, no final, vai ver que tudo tem um motivo para acontecer.

POR QUE VIVER É TIPO ISSO... ENGRAÇADO E CHEIO DE SURPRESAS!

INTRODUÇÃO

Falaram para mim que, para começar um livro, é bom eu me apresentar para todo mundo. Então, vamos lá!

Prazer, sou Caio, criador do canal ***É tipo isso***. Nasci em 1991 e sempre fui extremamente curioso. Perdi as contas de quantos brinquedos desmontei durante minha infância para saber como funcionavam, o que tinha lá dentro e, obviamente, não conseguia remontá-los depois. → *mãe e pai, desculpem por isso!*

Já joguei futebol, vôlei, hóquei, handebol. Já tentei tocar violão, já fiz diversas coleções, tentei fazer faculdade de mecatrônica, comecei a cursar comunicação, inventei vários hobbies, porém a verdade é uma só: eu nunca terminava nada. Sei fazer um pouco de tudo, mas nada tão bem. Exatamente por toda essa curiosidade, sempre perdia o interesse muito rápido por aquilo que estava fazendo.

Até que em 2014, quando eu estava no último ano da faculdade de Comunicação, resolvi me arriscar e criar um canal no YouTube, mesmo sendo já bem mais velho do que a maioria das pessoas que começa nessa rede.

Meu interesse por esse meio surgiu porque comecei a consumir bastante desse tipo de conteúdo, além de começar a acompanhar outros canais através de plataformas como Vine e Instagram, e a minha cabeça já começou a trabalhar:

"Pô, eu consigo fazer isso."

"Já imaginou que daora um vídeo assim?"

"Será que o pessoal não ia curtir um mais engraçado?"

Antes mesmo de pensar na possibilidade de criar um canal, eu já fazia alguns vídeos no Instagram, mas tudo bem mais rápido e com menos produção. Quando resolvi me aventurar no YouTube, não sabia nada, nem que era possível se inscrever, nem que dava para ganhar dinheiro com isso, então tive que aprender tudo do zero para começar a produzir conteúdo.

Sempre fui muito bem-humorado e, ao mesmo tempo, tímido. Os vídeos do YouTube me deram a oportunidade de superar minha timidez e o canal foi a primeira coisa com a qual me comprometi de verdade; passou a ser um projeto-chave na minha vida.

Tive que desenvolver a famosa "cara de pau" também. No começo eu enchia o saco de todo mundo para ver o canal e curtir os vídeos, e isso gerou resultado: em um mês eu já tinha mais de 10 mil inscritos.

E aí aconteceu: simplesmente me apaixonei e me encontrei nessa nova profissão. Vi uma chance de juntar duas coisas cruciais: aquilo em que eu sou bom/gosto de fazer com o que as pessoas gostam de consumir... Não conseguia (e até hoje não consigo) me imaginar fazendo algo melhor do que divertir as pessoas. Foi por isso que, um pouco depois de criar o canal, ao perceber a aceitação do público, resolvi largar a faculdade para, quem sabe, terminá-la um dia. Naquela fase da minha vida, eu queria e precisava me dedicar 100% ao ***É tipo isso***.

ACREDITO QUE, SE VOCÊ QUER MESMO, VOCÊ PODE, E A MELHOR MANEIRA DE CONSEGUIR É SAINDO DA SUA ZONA DE CONFORTO. TOMAR ATITUDE E IR EM BUSCA DO SEU SONHO, DAS COISAS DO SEU INTERESSE E NÃO DAQUILO QUE MANDAM VOCÊ FAZER. TIMIDEZ ATRAPALHA? MEDO ATRAPALHA? INSEGURANÇA ATRAPALHA? É CLARO QUE SIM, MAS DÁ PARA USAR TUDO ISSO A SEU FAVOR.

Eu, por exemplo, sempre que tinha uma cena na rua para fazer, pensava na hora: “Se eu cair, as pessoas vão ver e rir. Isso pode dar insegurança e vergonha, mas ninguém me conhece. Daqui a cinco minutos ninguém vai lembrar ou talvez eu vire assunto do jantar da família hoje... e eu vou ter feito as pessoas rirem – e minha missão terá sido bem-sucedida!".

A verdade é que todo mundo pode cair, passar vergonha, ter medo... o que faz a diferença é como levar e relevar cada situação.

Então, para já dar a real sobre o que este livro vai fazer com você, prepare-se: você vai sair da zona de conforto! É hora de se mexer, pensar, refletir, explorar, rir, criar, inventar e se reinventar.

Acho que já me empolguei demais na *pequena* apresentação, né? Vou dar uma pausa aqui se não vou acabar contando tudo logo nas primeiras páginas...

POR QUE "É TIPO ISSO"?

A primeira pergunta que o pessoal da editora me fez antes de começarmos o livro foi essa. E vou contar um segredo: nem eu sei o porquê, foi totalmente sem querer.

Cheguei para o Japa, que sempre foi um grande amigo e parceiro, e expliquei a ideia do canal. Para encerrar a minha apresentação para ele, falei: "Ah, é tipo isso!", e como não tínhamos outra ideia, começamos com esse nome mesmo e acabou pegando. O Japa, além de ter sido o primeiro a ouvir minha ideia, tornou-se meu câmera, ajudou na produção e até virou personagem.

Essa expressão é muito legal porque é uma explicação que não explica nada, né? Quando você fala "ah, é tipo isso", todo mundo entende, mesmo que você não tenha falado nada direito. Sem falar que dá para usar a expressão na maioria das situações e conversas.

melhor definição

VOCÊ CONSEGUE DESCREVER O QUE É ESSA EXPRESSÃO?

PARA MIM, *É TIPO ISSO* É

o meu maior sonho se concretizando.

O MEU TRABALHO É TIPO ISSO

é o meu hobby, o que eu mais gosto de fazer.

SUPERAR OS OBSTÁCULOS DA VIDA É TIPO ISSO

são as lições para aprendizado e superação.

CADA NOVA EXPERIÊNCIA É TIPO ISSO

é um novo mundo de possibilidades.

AGORA É A SUA VEZ

PARA MIM, *É TIPO ISSO* É ....

....

....

....

O MEU TRABALHO É TIPO ISSO ....

....

....

....

SUPERAR OS OBSTÁCULOS DA VIDA É TIPO ISSO ....

....

....

....

CADA NOVA EXPERIÊNCIA É TIPO ISSO ....

....

....

....

Vejo que muitas pessoas gastam tempo demais pensando em justificativas e explicações antes de tirarem suas ideias do papel, e eu me pergunto: por quê? Nada na vida é definitivo (só tatuagem) e se algo deixar de fazer sentido mais para frente, você pode mudar, o importante é dar o primeiro passo.

sei que dá pra remover com laser, mas você entendeu a ideia

Imagine, por exemplo, se eu tivesse gastado dias, semanas ou meses pensando no nome perfeito para o canal. Seria mais um tempo em que eu teria adiado o meu sonho e dado espaço para a insegurança e o medo surgirem. Arrisquei o primeiro nome e deu certo, legal, mas tudo bem se não acertar de primeira. Todos erramos e, ainda bem, a maioria dos erros é fácil de ser consertada.

1, 2, 3...

Sei que é confortável ficar na etapa do planejamento, mas não vale ficar travado nela e não partir para a ação. Aqui vai uma lição da qual você nunca deve se esquecer (pode até virar uma tatuagem, olha só):

M-E-X-A-S-E!

E SE DER CERTO?
JÁ PENSOU NISSO?
EU SEI QUE É UM CLICHÊ,
MAS VOCÊ SÓ VAI SABER
ESSA RESPOSTA A PARTIR DO
MOMENTO EM QUE TENTAR.

AH, É TIPO ISSO: UM DICIONÁRIO IMPROVISADO PARA TODO MUNDO

Ainda na tentativa de definir palavras e expressões, me peguei pensando em várias coisas que ganharam um novo significado na minha vida depois que o canal começou a bombar.

A principal coisa é que descobri que ter sucesso não é ser rico ou ter um cargo importante dentro de uma empresa gigantesca. Sucesso é quando você consegue juntar o que você ama fazer, aquilo em que você é bom (e as pessoas reconhecem como uma qualidade sua), o que alegra as pessoas e, é claro, aquilo que gera grana suficiente para suprir as suas necessidades.

Quando comecei a fazer os vídeos, eu não tinha certeza absoluta de que seria um sucesso, mas entrei de cabeça sempre acreditando que o melhor resultado viria. “Na pior das hipóteses, vou proporcionar um momento divertido para as pessoas”, eu pensava. Cada vez que eu via um resultado positivo, minha motivação aumentava. E aí veio a grande ideia que mudou a minha vida: “Eu sou bom nisso, eu amo o que estou fazendo, a galera está se divertindo demais.... acho que posso viver assim!”.

Tem mais um fato que ganhou outro significado para mim: o meu papel durante a produção dos vídeos!

Antes do canal, eu já trabalhava com audiovisual, mas atrás da câmera. Muito do que aprendi na faculdade foi essencial para dar os primeiros passos nesse mercado, além de ter trabalhado tirando fotos em casamento, filmando eventos etc. Hoje vejo que esse período me deu a visão de diretor necessária para fazer os vídeos do canal: ver a produção como um todo, focar em detalhes, investir no cenário, entre outras ações.

Mas foi com o ***É tipo isso*** que descobri que, além de fazer a produção completa (desde o roteiro até a edição), eu queria estar na frente da câmera. Foi a partir dos vídeos do YouTube que identifiquei o meu verdadeiro interesse e consegui investir nele.

RESUMINDO, O CANAL ME FEZ REPENSAR MUITAS COISAS: O QUE É SUCESSO, NO QUE EU DEVERIA INVESTIR NO FUTURO, QUAL É O MEU PAPEL DENTRO DO AUDIOVISUAL, ENTRE OUTRAS MAIS. E COMO É PRECISO CRIAR NOVOS SIGNIFICADOS CONFORME A VIDA PASSA, PREPAREI UM DICIONÁRIO PARA SER MEU, SEU E DE TODO MUNDO QUE PODE NÃO SABER DEFINIR AS COISAS DA VIDA, MAS ACHA LEGAL TENTAR!

E VOCÊ?
O QUE ESSAS PALAVRAS SIGNIFICAM PARA VOCÊ?

Aventurar-se: sair da zona de conforto, curtir o momento, novas experiências.

Brincadeiras: momentos essenciais para uma vida feliz (continue sempre com espírito de criança).

Criatividade: momento de reflexão, de estudo e busca de referências; as ideias não aparecem do nada no papel, exigem um desenvolvimento.

Desafios: superação, adrenalina, principalmente em ações na rua.

Evolução: trabalho diário, esforço para se superar cada vez mais nos seus objetivos.

Futuro: preocupe-se com o presente – mentira, um pouco com o futuro também –, haha! Procure se planejar, mas viva o agora.

Grotesco: o grotesco pode ser bizarro, mas quem disse que o bizarro também não pode ser legal? ;)

História: a vida, escreva sua própria história, seja o protagonista dela.

Incentivo: é o combustível para levar determinada situação adiante, mas você não precisa necessariamente dele para seguir em frente, basta querer e acreditar.

Japa: gosto de sushi com shimeji! Zoeira! Japa é meu melhor amigo.

Kkkkk: HHUASHUSHAUHASUH. ← oportunidade para inventar a sua risada!

Loucura: sair da zona de conforto, divertir-se, sair da rotina, sem se preocupar.

Música: o combustível para a criatividade e empolgação.

Negócio: responsabilidade, algo que você tem que levar com seriedade para dar certo financeiramente ou como realização profissional.

Ousadia: arriscar, a ousadia é necessária para fazer algo único para você.

Problema: todo mundo tem problemas; basta você solucioná-los ou saber viver com eles de forma leve.

Qualidade: trabalho bem-feito.

Realização: é a concretização de um sonho, de uma ideia, e é preciso ter foco para alcançá-la.

Sucesso: é quando você consegue juntar o que ama fazer com aquilo em que é bom e tem reconhecimento com isso.

Tempo: ele não para e é a coisa mais importante que você tem. Por que deixar as coisas pra depois se você pode fazer agora? Por que perder tempo com coisas que não fazem você feliz?

Único: cada um de nós, cada um é único, com defeitos e qualidades. Seja o protagonista da sua vida única.

Vergonha: todos temos vergonha, mas ela não pode ser maior do que você, nem travar ou impedir as suas ações... saiba lidar com ela ou superá-la.

Wow: POXA VIDA, HEIN!

Xereta: namorada do xereto. Ok, essa foi péssima. Mas sou xereta, é bom ser curioso.

YouTube: NÃO ESQUECE DE SE INSCREVER, CURTIR E COMPARTILHAR COM OS AMIGOS :).

Zoeiras: experiências divertidas e histórias felizes para serem contadas no futuro.

JOGANDO A REAL SOBRE VOCÊ MESMO

Eu acho que a vida é bem simples, mas isso não quer dizer que ela seja fácil. É só que, no fundo, todo mundo está sonhando, fazendo loucuras, correndo atrás dos seus projetos e passando por cima de vários obstáculos.

Eu, como já contei, demorei para encontrar algo de que realmente gostasse para seguir como carreira. Não era legal sempre desistir de tudo e não me sentir empolgado com nada de verdade, até as piadas da família sobre nunca ir até o fim são coisas que ficam na cabeça.

Foi com o canal que eu descobri e atingi meu objetivo ao mesmo tempo: trabalhar com o que eu realmente amo, que é poder CRIAR projetos a todo tempo! Pensar, escrever o roteiro, pensar mais um pouco, testar, filmar, editar e ver o vídeo pronto fazem meu coração acelerar. O resultado de unir esforço e paixão veio com o tempo... não é à toa que eu digo que essa é a melhor profissão do mundo.

E, falando nisso, existem alguns mitos sobre o que significa ser youtuber e quais os segredos para que alguns canais cresçam. Por isso, quero compartilhar com você um pouco sobre o que é a rotina para a produção de conteúdo.

Criar o roteiro é o momento de que mais gosto e é o mais importante. O roteiro é o planejamento do que será feito. É como se fosse um esqueleto do que será construído. Por que é tão importante fazê-lo? Porque na hora de realizar as filmagens, por exemplo, você será muito mais objetivo e o trabalho vai fluir mais rápido e com menos desgaste.

todo mundo tem algo pra falar!

Mas agora vem outro segredo: antes de fazer o roteiro do seu projeto, é importante descobrir o que você tem a falar para o mundo. E o primeiro passo é entender melhor sobre você mesmo!

Por isso, quero propor um desafio: faça o próprio roteiro sobre si mesmo! Sim, isso aí que você leu. Fiz um modelo para você ver como é e depois é a sua vez!

TRÊS GRANDES SONHOS:

1. Produzir um filme ou curta para o cinema.
2. Escrever um livro (posso riscar este da lista!)
3. Aventurar-me no mundo da música!

AS MAIORES LOUCURAS QUE JÁ FIZ:

- × Fingir que tomei um tiro no meio do shopping de Guarulhos e cair dentro da fonte de água.
- × Na primeira vez em que usei a fantasia de dinossauro, assustei um casal que estava passeando com seu cachorro e foi um dos sustos mais engraçados que eu já vi. O cachorro, coitado, ficou latindo para mim loucamente, e o casal não sabia se tentava acalmar o cachorro ou se parava para dar risada.
- × Colocar peruca, com uma vara de pescar, nas pessoas que estavam andando/sentadas na rua.
- × Dar sustos nas pessoas semanalmente com os vídeos do *Cantando.*
- × Ficar de cueca na frente de muitas pessoas dançando igual a uma minhoca. Sim, isso aconteceu!

- Pegar na mão de homens descendo a escada rolante para ver a reação deles (um quase me bateu).

AS LOUCURAS QUE SEMPRE QUIS FAZER:

- Esquecer de tudo e viajar pelo mundo durante um mês.
- Entrar em um jogo de futebol com o uniforme de um time e fingir ser jogador para tirar foto oficial com os jogadores (ainda vou fazer esse desafio).
- Colar o Japonês em um helicóptero.
- Pular com a minha motinha em um lago.
- Invadir uma reportagem ao vivo na rua e zoar dançando.
- Pilotar um avião.

TRÊS VACILOS PARA NUNCA MAIS REPETIR:

1. Quando eu fiz a brincadeira da escada rolante com um cara e ele veio para cima de mim.
2. Comer fígado. Sério, gente, é muito ruim!
3. Trabalhar num certo lugar aí...

UMA FRASE:

Amor, coragem e atitude são as três palavras que fazem seu sonho sair do papel e se concretizar; você precisa acreditar, mas também agir!

UM CONSELHO DE MIM PARA MIM:

Mantenha a calma e continue focado no que você acredita. As coisas acontecem quando você tenta, sai da zona de conforto e tem comprometimento! É importante não ficar só no famoso “se eu sonho vai acontecer”; é preciso decidir um norte, escolher um projeto e colocá-lo em prática, sempre com os pés no chão.

AGORA VOCÊ

TRÊS GRANDES SONHOS:

1. ....

2. ....

3. ....

AS MAIORES LOUCURAS QUE VOCÊ JÁ FEZ:

....

....

....

....

....

....

....

....

....

....

....

....

AS LOUCURAS QUE VOCÊ SEMPRE QUIS FAZER:

....

....

....

....

....

....

....

....

TRÊS VACILOS PARA NUNCA MAIS REPETIR:

1. ....
   ....
2. ....
   ....
3. ....
   ....

UMA FRASE:

UM CONSELHO DE VOCÊ PARA VOCÊ:

SONHOS, DESEJOS E LOUCURAS

mexa-se, lembra?

A verdade é que sonhos mudam muito, assim como a gente. O que importa é sempre se manter em movimento, em busca de desenvolvimento! Hoje consigo ter clareza dos meus três maiores sonhos (como já contei) e do meu principal objetivo na vida.

Mas todos nós também temos sonhos que não foram realizados. Quando eu era bem novo, por volta dos 14 anos, o meu sonho era ser jogador de futebol, como várias outras crianças. A internet estava bem no começo e o YouTube mal existia.

Fiz várias peneiras de futebol e passei em uma delas! Mas acontece que eu tenho um problema no joelho... eu cresci muito rápido e fiquei com má-formação nele. Então, mesmo passando no teste, não consegui ir adiante. Fiquei seis meses com a perna enfaixada da canela até a coxa; eu nem conseguia mexer a perna, imagine jogar!

Quando finalmente tirei a faixa e tentei apoiar o pé no chão pela primeira vez, quase caí, pois estava sem força nenhuma e, aí, o futebol ficou para trás.

hoje isso daria um vídeo engraçado

Tem uma coisa muito importante nesse processo todo... por mais que eu acreditasse que jogava bem e estivesse empenhado nisso, eu sabia que era muito difícil, existia milhões de garotos com o mesmo sonho. Por isso, eu não quis largar tudo e desistir dos estudos, por exemplo. Eu queria muito estudar e sabia que o futebol não facilitaria isso, mas continuei firme. A lição que eu quero deixar aqui é: por mais que você esteja focado e em busca do seu sonho, é necessário ter consciência e responsabilidade para que não se sinta, caso não dê certo, em um beco sem saída.

para mim, a saída desse beco foi o canal

Como eu já falei, sou muito curioso! Então, mesmo com o canal dando certo, eu não paro de estudar. Posso não ter terminado a faculdade, mas estou sempre pesquisando, lendo e aprendendo sobre diversas coisas que podem me ajudar.

Mas as coisas acontecem porque precisam acontecer. O sonho de ser jogador de futebol não deu certo, mas isso foi só mais um passo para eu concretizar o sonho do meu canal no YouTube e atingir a tão desejada independência financeira (que foi um objetivo que atingi bem mais cedo do que previa, graças ao ***É tipo isso***).

Meu maior objetivo sempre foi juntar todas as coisas que eu gosto e foi isso que o canal me trouxe: trabalhar com audiovisual, usar a imaginação, desenvolver contação de história e atuar a fim de conhecer a frente da câmera também.

Foi com o canal que também concretizei um sonho que eu nem imaginava que tinha... mas me senti extremamente realizado quando aconteceu: juntar uma multidão que goste das minhas ideias e tenha interesse no meu jeito de ver as coisas!

Agora, estou me planejando para os meus próximos sonhos... e você?

PRÓXIMOS PASSOS PARA OS SONHOS?

1. Estudar, estudar, estudar audiovisual, hahaha... E colocar as ideias no papel.
2. Neste momento, finalizar este livro que você está lendo.
3. Produzir músicas, escrever as letras e pensar nos videoclipes.

O QUE EU APRENDI COM CADA VACILO?

1. Por mais que você ache que tenha controle da situação, muitas vezes não tem. Então eu sempre tomo cuidado com as brincadeiras, porque sei que cada pessoa reage de um jeito.
2. Ficar longe de fígado!
3. Afastar-me de pessoas negativas, que não acreditam em mim.

PRÓXIMOS PASSOS PARA OS SEUS SONHOS?

1. ....

2. ....

3. ....

O QUE VOCÊ APRENDEU COM CADA VACILO?

1. ....

2. ....

3. ....

"NÃO ACREDITO QUE VOCÊ FEZ ISSO"

Essa é, com certeza, a frase que mais escuto das pessoas que me conhecem. Imagino que seja porque as pessoas veem as coisas que eu faço no canal e ficam inconformadas pensando: "Imagine que mico fazer isso! Como ele não tem vergonha?".

Durante os vídeos, estou interpretando um personagem que, apesar de ser superparecido comigo, não é exatamente igual a mim. Não saio por aí cantando a toda hora e em qualquer lugar.

Teve uma vez em que eu estava na praia e parei em uma loja para comprar uma grelha, pois queria fazer um churrasco. DO NADA um cara chegou com um celular me filmando e segurando uma salsinha e começou: "Ei, você não é o cara que canta??? Faz o funk da salsinha! Vai, cara, canta!". O resultado foi que eu fiquei olhando para ele sem reação e não cantei; estava apenas no meio de uma loja comprando uma grelha!

o importante é ser criativo, né?

No nosso dia a dia, todos nós interpretamos diferentes papéis. No trabalho, agimos de maneira diferente de quando estamos entre amigos; quando estamos com a família, não somos exatamente a mesma pessoa que somos na faculdade.

Acho muito importante falar que não há nada de errado nisso, não significa que você seja falso em algum ambiente, apenas vestimos os personagens que mais nos ajudam em cada situação. Eu preciso ser mais cara de pau e muito solto quando estou fazendo os vídeos, mas no meio de uma loja, com fome, pensando no churrasco, eu posso ser mais "na minha", concorda?

Criar um personagem para mim foi um processo importante na criação do canal. Vou compartilhar aqui o meu processo para que você possa preencher e também criar o seu.

Foi mais ou menos assim:

ESSE PERSONAGEM VAI SER BASEADO EM VOCÊ?
( ) SIM ( ) NÃO

QUANTOS ANOS ELE TEM?

O QUE ELE MAIS FAZ NO DIA A DIA?

QUAL VAI SER A PRINCIPAL CARACTERÍSTICA DELE?

COMO ELE FAZ AS PESSOAS SE SENTIREM?

TRÊS COISAS QUE ELE ADORA:

TRÊS COISAS DE QUE ELE NÃO GOSTA:

ELE SE EXPRESSA DE ALGUMA MANEIRA DIFERENTE (GÍRIAS, GESTOS ETC.)?

( ) SIM ( ) NÃO

SE SIM, COMO?

Foi a partir dessas perguntas e das respostas que eu construí o Caio do ***É tipo isso***, para que eu pudesse agir de forma coerente nos vídeos, ou seja, sempre o "mesmo Caio" ali, falando com o público. E, ao mesmo tempo, eu consiga comprar uma grelha sem passar dias pensando

"MAS COMO SERIA O TAL DO FUNK DA SALSINHA?".

META DE VIDA

Algumas páginas atrás, nós falamos sobre sonhos, desde os mais loucos até os mais ousados. Não importa como sejam, eles estão ligados às nossas metas de vida.

É importante ter metas, pois elas nos ajudam a ter foco e apontam para o lugar aonde queremos chegar. As metas nos impulsionam e nos fazem avançar e chegar perto do objetivo. Se não tivermos ideia de onde queremos chegar, vai ser impossível descobrir se estamos no caminho correto. Então, trace metas!

É sempre bom lembrar que, quando falamos de meta, é fundamental que seja algo que você realmente deseje e é importante que você seja bem específico. Há metas que são comuns para a maioria das pessoas: terminar a faculdade, formar uma família, ter um bom emprego... Tudo bem se você também tiver esses sonhos, mas, quanto mais detalhado você conseguir deixar o seu sonho, mais sua mente vai trabalhar para que ele se concretize.

Eu também me encaixo nisso: um dos meus sonhos é ter uma família, penso muito em ter filhos e quero realizar isso (no futuro!).

Quando falamos de trabalho, eu não sei como o YouTube será daqui a alguns anos... será que ele vai ganhar ainda mais força do que outras mídias? Apesar disso, a minha meta é me desenvolver muito como um ótimo comunicador e animador. Quero ser aquele profissional que trabalha sempre com bom humor (mas não ser exclusivamente um comediante), que sabe se comunicar de forma carismática e extrovertida e consegue apresentar a sua mensagem da melhor maneira possível. Alguns youtubers já são considerados apresentadores e eu sinto que estou no caminho certo, mas ainda preciso me desenvolver mais um pouco.

Esta é a minha grande meta de vida: ser um excelente profissional, trabalhar sempre com o que eu gosto, não importa a plataforma, e ter um alcance de expectadores cada vez maior!

e quem assiste ao canal me ajuda muito nisso!

Aproveitando que você já escreveu os próximos passos para realizar o seu sonho e sabe quais vacilos não dá para repetir, eu o desafio a efetivamente começar a planejar o seu sonho! Não sei se você já ouviu falar de "plano de ação" (nome chique para cronograma), mas é isso que vamos fazer agora. Preencha os espaços abaixo; depois disso, sua cabeça já vai estar a mil!

PLANO DE AÇÃO

A minha grande meta é ....

.... e

eu separei três passos para atingi-la ....

....,

TAREFA	O QUE EU PRECISO PARA CUMPRI-LA	DATA DE INÍCIO

→ .... e

....

Quero realizar isso em .... meses e, para isso, montei um plano de ação:

DATA DE TÉRMINO	ISSO VAI ME AJUDAR A (PREENCHER ANTES DA TAREFA)	COM ISSO, EU APRENDI QUE (PREENCHER APÓS A TAREFA)

É TIPO ISSO

DESAFIOS: HORA DE CRIAR CORAGEM

Durante a vida vão surgir muitos momentos de desafios, aquela hora em que você só tem duas opções: toma coragem e vai ou corre para casa.

É como se você estivesse olhando para o WhatsApp sem saber se manda ou não aquela mensagem; ou como aqueles segundos em que o sinal de pedestre começa a piscar e você não sabe se corre ou se espera; ou ainda aqueles cinco segundos antes de começar a cantar superalto e gritando em um ponto de ônibus... Você tem mais algum exemplo desse sentimento?

quem nunca?

....

....

....

....

....

....

O quadro que fez o ***É tipo isso*** crescer tanto foi o *Cantando*. Então, meu grande desafio no início foi conseguir superar o nervosismo na hora de fazer os vídeos na rua. O que antes era "nooooossa, como é que eu vou gritar aqui no meio de toda essa gente" hoje é "ok, partiu para mais uma sessão do *Cantando*". Ou seja, aquilo que antes era um monstro, aos poucos, foi se tornando algo muito mais fácil de lidar, especialmente porque provei para mim mesmo que eu era capaz.

Sabe quem é o nosso maior obstáculo para realizarmos nossas ideias? Nós mesmos. Eu, por exemplo, todos os dias preciso tomar cuidado com a voz que mais me pressiona: a da minha cabeça. Não dá para ficar preso às desculpas, ao medo do "será que está bom o suficiente? Talvez seja melhor refazer ou pensar em outra coisa...", quando, na verdade, eu preciso focar no "bom, fica de aprendizado para o próximo vídeo!".

por essa você não esperava, né?

Quando ouvimos alguém falar sobre superar os seus medos, dificilmente nos damos conta de que a maioria das inseguranças vem de nós. Consegue pensar em alguma situação em que sentiu medo por uma pressão que você mesmo criou?

....

....

....

....

....

No meu caso, por exemplo, desde o começo do canal, existe uma pedra no sapato, a qual, mesmo que eu a chute para longe num dia, volta rolando no outro: o desafio eterno de criar novas ideias!

A criatividade é um desafio para todo mundo que está tentando se destacar da multidão. A todo momento precisamos pensar em estratégias, ideias malucas e artifícios para sermos únicos. O que separa o medo, de que falamos antes, da criatividade é exatamente a decisão de fazer o projeto acontecer. É o momento decisivo em que você deixa de ter medo e parte para a ação.

Vai, abre o jogo, qual foi o maior desafio que você já teve que superar?

....

....

....

....

E o que você tem que superar todos os dias?

O que você pode fazer para facilitar sua vida?

Se você respondeu "nada" para a pergunta anterior, vou lhe contar uma coisa: ou você está errado, ou está com preguiça ou isso não é um desafio, mas algo que faz parte da sua vida e, bom.... paciência, né?

por essa menos ainda

A verdade é que para tudo temos como dar um jeito, mesmo que seu desafio seja passar em todas as matérias da escola/faculdade, superar o medo de barata ou comer vinte hambúrgueres sem passar mal.

É claro que até quando você já está com o seu projeto em ação, ou seja, já superou o primeiro desafio, rolam inseguranças e medos novos e é preciso aprender a superar ou lidar com cada um deles. Para driblar essa voz na minha cabeça que insiste em me pressionar demais, aprendi a ouvir o feedback das pessoas que me seguem, entender o que elas mais gostam de assistir e onde posso melhorar. E isso serve para tudo: se algo deixa você desconfiado no trabalho, por que não conversar com o seu chefe? E se na faculdade você está inseguro com alguma matéria, dá para trocar uma ideia com a sala ou com o professor, não acha? E em casa, sempre surgem desafios de comunicação que podem ser resolvidos ouvindo o outro!

Então vai: pare, pense e se prepare para chutar essa pedra para longe, da melhor maneira possível (eu aconselho usar um tênis, mas você que manda). O que você vai fazer? → se for de chinelo, cuidado!

....

....

....

....

....

Esse exercício é diário. É muito raro acordar um dia e estar completamente seguro de tudo, sem nenhuma dúvida ou receio. Mas é só vendo o seu desafio como um todo e entendendo o motivo pelo qual ele o deixa de determinada maneira que você vai conseguir superá-lo. Luto todo dia com a pressão da criatividade, mas sempre tiro uma lição disso.

Ah, e não precisa ser de uma vez, hein!? Alguns levam mais tempo até estarem totalmente fora do seu radar... posso garantir que não foi de um dia para o outro que criei coragem de sair cantando em público.

Todos falam que a gente precisa ter coragem para seguir nossos sonhos, mas antes da coragem vem o amor e depois dela vem a atitude:

AMOR → CORAGEM → ATITUDE

"Caio, que raios é isso?? Você só jogou três palavras e acha que resolve tudo assim?"

São só três palavras mesmo, mas elas não estão jogadas.

DESCOBRI QUE A PARTIR DO QUE VOCÊ **AMA** FAZER VÃO SURGIR *DESAFIOS*. MAS É A SUA *PAIXÃO* QUE VAI CRIAR A SUA **CORAGEM**. E, COM ELA, É SÓ TOMAR **ATITUDE** E PARTIR PARA O ABRAÇO.

"Você fala como se fosse fácil!"

Eu garanto para você que fácil não é. Mas, fala a verdade, quão difícil pode ser se você ama o que faz, certo?

CRIATIVIDADE

No capítulo anterior, falamos um pouco sobre criatividade; agora vamos nos aprofundar mais nesse assunto.

Hoje em dia, um dos grandes desafios que todo mundo enfrenta é ser cada vez mais criativo. E isso para quem trabalha com público e conteúdo diariamente – o meu caso – é ainda mais desafiador. Não é que o mesmo assunto nunca possa se repetir, mas o ideal é que isso aconteça o mínimo possível para que o público esteja sempre recebendo informações novas.

você nem imagina a quantidade de sugestões que eu recebo!

Algo que me ajuda muito são as sugestões que os seguidores do canal comentam em todas as redes sociais. O pessoal fã do ***É tipo isso*** está sempre me dando ideias novas do que eles gostariam de ver. Leio tudo, avalio o que combina com o canal, vejo se são necessárias mudanças ou acréscimos e aí começo a produção do vídeo. Em alguns casos, eu também crio as interações nas ruas (câmeras escondidas).

Um dos quadros que eu tenho no canal e que faz mais sucesso é o *Caio Responde*. Nele, abordo desde pegadinhas até esquetes, paródias, vlogs, desafios. É um quadro que praticamente é um “programa”; nele eu faço de tudo e tenho a oportunidade de criar qualquer coisa. É uma ótima estratégia para interagir com o público e sentir o que eles mais se interessam em assistir (e é muito divertido fazer!).

É importante ter humildade, sabe? Sei que não vou conseguir ter vinte ideias novas todos os dias, então gosto da possibilidade de deixar o canal aberto para receber as sugestões dos seguidores. Assim, o ***É tipo isso*** tem a participação de todo mundo!

Essa experiência me ajudou a enxergar que a criatividade pode estar em tudo o que fazemos e vivemos. Basta estarmos dispostos a ter um olhar mais curioso e interessado sobre o que está acontecendo à nossa volta.

Várias ideias surgem no dia a dia, andando na rua e em situações cotidianas que podem se tornar muito engraçadas. Mas também existem momentos em que eu preciso parar e me concentrar para planejar certinho quais serão os próximos vídeos.

Ninguém é criativo do nada: é preciso criar as condições para isso. Por exemplo, na hora de pensar sobre o que tenho para produzir, sigo alguns passos que são chamados de processo criativo (e que podem ser aplicados para basicamente TUDO o que você estiver fazendo, seja se preparar para uma prova na escola, seja para criar o seu canal no YouTube). Funciona mais ou menos assim:

PREPARAÇÃO: sempre escuto música para ter as ideias e criar os vídeos. E sempre ouço no volume mais alto do meu fone (aquele verde).

PLANEJAMENTO: nem sempre fui organizado, mas hoje em dia coloco as minhas ideias em ordem, escrevendo em um quadro branco e em um caderno que tenho especificamente para isso.

EXECUÇÃO: escrevo, apago, pesquiso, escrevo de novo, peço opiniões, rabisco até chegar a um bom resultado.

METAS E TAREFAS DA SEMANA: faço lista de tudo o que vou precisar para o próximo projeto: convidados, local de gravação, figurino, materiais especiais etc.

É claro que, para cada projeto, algumas etapas podem ser diferentes, mas, em linhas gerais; esse processo dá certo em qualquer área da sua vida.

QUE TAL ESCREVER O SEU PROCESSO CRIATIVO? SE AINDA NÃO TIVER, CRIE UM!

PREPARAÇÃO:

....

....

....

PLANEJAMENTO:

....

....

....

EXECUÇÃO:

....

....

....

METAS E TAREFAS DA SEMANA:

....

....

....

É TIPO ISSO

VOCÊ É O ÚNICO QUE PODE DETERMINAR ATÉ AONDE VAI CHEGAR!

Como já comentei, no começo da faculdade, eu trabalhava como freelancer tirando fotos ou filmando eventos. Esse trabalho se encaixou muito bem, pois eu precisava de uma renda, já tinha uma câmera boa e curtia produção audiovisual, mas isso era temporário e sempre quis algo mais.

Quando eu estava no último ano da faculdade, surgiu uma oportunidade de estágio para trabalhar em uma TV de transmissão local.

Fui atrás da vaga achando que já ia começar trabalhando na TV, como produtor de algum programa, sei lá. Quando cheguei, porém, a vaga era para o departamento de marketing... De todo jeito, topei na hora porque queria encontrar um caminho até a televisão.

ops

Em paralelo, eu já estava trabalhando no meu canal no YouTube, que crescia aos poucos. Um belo dia, porém, minha então chefe descobriu esse meu outro lado na internet. Lembro que tomei uma bronca, pois ela achava que eu fazia as postagens nas redes sociais durante o expediente. Só que, na verdade, eu usava uma ferramenta de agendamento dos posts e eles entravam no ar automaticamente, no horário em que eu havia programado. Era uma maneira de não atrapalhar o meu estágio e não deixar os seguidores sem conteúdo o dia todo.

Quando eu contei como fazia com as postagens, ela ficou curiosa para conhecer o canal. Até que, uns dias depois, ela soltou a seguinte frase: "Caio, nem acredito que você fica postando essas coisas aí, você não é mais criança, devia trabalhar de verdade!".

fala sério!!

Vou dar uma chance para você adivinhar como eu fiquei:

( ) Desmotivado/triste

( ) Bravo/determinado

Eu poderia ouvir a crítica dela e de outras pessoas e aceitar que talvez eu não fosse tão bom e que essa ideia nunca poderia ser uma carreira. Ou poderia usar isso para fazer melhor. O canal abriu uma oportunidade incrível para eu fazer o que mais gostava, então não queria desistir. Resolvi pedir demissão um mês depois e, a partir daí, as coisas começaram a fluir.

Sempre me dei bem com a equipe, então, depois da minha demissão, um dos câmeras que trabalhavam na empresa me apresentou para os sócios do Alpha Channel, um canal comunitário em Alphaville. Eles gostaram do meu trabalho e me deram a minha primeira oportunidade na TV: por quatro meses eu tive um programa lá de quinze minutos, com conteúdo muito parecido com o do canal.

Foi por essa primeira experiência na televisão que, em 2015, ganhei o melhor presente de aniversário possível: assinei contrato com a Redetv! e estou no programa *Encrenca* desde então. Essa oportunidade de trabalhar no *Encrenca* veio por um convite por e-mail, acreditam? A equipe da Redetv! viu o canal, gostou e me convidou para fazer parte do programa. Eu, é claro, aceitei!

Trabalhar na TV sempre foi um sonho, por diversos motivos... mas acho que ele surgiu, principalmente, pelas ótimas lembranças que levo comigo: minha família toda reunida após o jantar para assistir a diversos programas e rir juntos.

Em paralelo a tudo isso, o canal continuou crescendo. Além da minha força de vontade para dar certo, minha família sempre me apoiou muito. Minha mãe, por exemplo, até hoje acompanha e fica de olho nos vídeos que vão muito bem e nos que ficam abaixo do esperado.

esse segredo pode contar pra todo mundo

Foi esse apoio da família, dos amigos e dos fãs do meu trabalho que formou uma base para que eu chegasse aonde estou hoje. Vou abrir o jogo: muitas vezes é difícil não desistir, ainda mais quando você encontra pessoas que não acreditam em você. O segredo é dar ouvidos às críticas construtivas e aos que estão ao redor para ajudá-lo a crescer, e não derrubá-lo.

Obstáculos, desafios, medos... nada mais são do que pedrinhas no nosso caminho que, se não prestarmos atenção, tropeçamos nelas e caímos. Você precisa aprender a se desviar delas, ou pegar algumas do chão, guardar e carregar consigo como aprendizados.

Sugiro agora que você faça uma reflexão importante sobre tudo o que eu contei neste capítulo... Aposto que você se identificou com várias das situações e que essas perguntas vão lhe mostrar um novo caminho para superar qualquer tropeço.

Pare agora e pense sobre os seus projetos, as suas metas e os seus sonhos e, se quiser, reescreva-os aqui:

....

....

Quem são as pessoas que mais o apoiam?

....

....

Crítica nem sempre é fácil de ouvir, mas ajuda muito no processo. Quem são as pessoas em quem você pode confiar para dar os melhores feedbacks do seu trabalho?

....

....

Aliás, você se lembra de alguma situação na qual não lidou bem com uma crítica, mesmo que ela tenha sido para o seu bem?

....

....

Escreva sobre dois obstáculos que já apareceram no seu caminho até agora.

....

....

Como você lidou com eles?

....

....

....

Poderia ter lidado melhor? Como?

....

....

....

Tirou alguma lição para o próximo? Qual?

....

....

....

ESTEJA ABERTO PARA O NOVO

Essa foi outra lição importante que aprendi com o YouTube. A todo momento revejo as interações dos vídeos anteriores para tentar identificar se tem algo que não deve ser repetido. Sempre espero divertir e não constranger, diminuir ou provocar. Meu foco sempre está no sorriso, na comédia, no rir sem ferir.

Quando você tem certeza do que quer trazer para o mundo, é fácil experimentar novas possibilidades e abrir mão do que não dá mais certo. Mesmo sem querer, pode rolar de ofender alguém... Todo mundo erra, mas eu tento não repetir o mesmo erro, certo?

Como eu vi que o público curte vídeos na rua, que interagem com as pessoas, passei a fazer isso cada vez mais. Da mesma maneira, quando identifico erros ou brincadeiras que ninguém curtiu, já descarto a ideia para não repetir o vacilo.

Isso quer dizer que tudo o que você faz gera uma oportunidade de aprendizado. Para aproveitar cada ensinamento ao máximo, é preciso estar aberto ao novo e manter a humildade para reconhecer os erros. Precisamos saber nos reinventar e, a cada dia, dar mais um passo longe da zona de conforto.

Quero trazer alegria para o cotidiano das pessoas, fazer as pessoas rirem, e sou bom em fazer isso. O ***É tipo isso*** nada mais é do que o lugar onde posso realizar as minhas ideias mais malucas e fazer com que pessoas de todas as idades se divirtam. E a melhor maneira de realizar os seus sonhos é tendo alguns objetivos.

Então me fala aí, quais são os seus projetos?

Vamos pensar em três ideias incríveis que você tem:

na verdade escreve aí

PROJETO 1

IDEIA GENIAL: ....

....

POR QUE EU AMO E SOU BOM NISSO: ....

....

MEU PRIMEIRO PASSO: ....

....

MEU OBJETIVO FINAL: ....

....

O QUE EU QUERO TRAZER PARA O MUNDO COM ELE:

....

....

POR QUE AS PESSOAS PRECISAM DISSO: ....

....

PROJETO 2

IDEIA GENIAL: ....

....

POR QUE EU AMO E SOU BOM NISSO: ....

....

MEU PRIMEIRO PASSO: ....

....

MEU OBJETIVO FINAL: ....

....

O QUE EU QUERO TRAZER PARA O MUNDO COM ELE:

....

....

POR QUE AS PESSOAS PRECISAM DISSO: ....

....

PROJETO 3

IDEIA GENIAL: ....

....

POR QUE EU AMO E SOU BOM NISSO: ....

....

MEU PRIMEIRO PASSO: ....

....

MEU OBJETIVO FINAL: ....

....

O QUE EU QUERO TRAZER PARA O MUNDO COM ELE:

....

....

POR QUE AS PESSOAS PRECISAM DISSO:

....

A IMPORTÂNCIA DA MÚSICA

Sempre amei ouvir música e tenho o sonho de algum dia produzir o meu próprio conteúdo musical.

É enquanto ouço música que tenho as minhas melhores ideias, imagino cenários, personagens, situações... Acompanhado de uma boa trilha sonora, consigo planejar meus próximos projetos e me sinto impulsionado a executá-los. É a música que me dá uma carga de adrenalina a mais, é com ela que me sinto empolgado a dar os próximos passos da minha vida!

Sinto também que música é uma coisa que faz todo mundo se conectar! Não é à toa que a série mais vista do canal é o *Cantando em Público*: são vídeos em que eu saio na rua

provavelmente você me conheceu em um desses vídeos

dublando músicas atrás das pessoas e canto em determinado momento assustando todas elas...

Na verdade, foi esse tipo de vídeo que me ajudou a crescer muito no YouTube. Como é um estilo que a maioria das pessoas gosta, muitas passaram a conhecer todo o meu trabalho a partir desses vídeos.

Acredito que o sucesso desses vídeos se deu pela sua simplicidade: uma câmera na mão, um fone de ouvido como figurino e autenticidade, cantar do meu jeito. O susto faz parte da brincadeira e, assim como o riso, é algo universal. E tem uma explicação que eu mesmo criei para explicar porque isso acontece: quando nos assustamos ou temos uma crise de gargalhada, não tem como fingir, não tem como ensaiar para fazer bonito... você simplesmente não tem como controlar a sua reação – e isso é ótimo!

Nessas horas a gente consegue ver como cada pessoa é única, afinal, ninguém ri ou se assusta da mesma maneira. É uma coisa linda!

O *Cantando* surgiu a partir de uma sugestão que um inscrito me mandou: “canta em público”. Gostei da ideia e pensei qual seria a melhor forma de fazer isso, em quais lugares, como filmaria etc.

Além de ser um estilo de vídeo com o qual as pessoas se identificam e que gostam de acompanhar (e de participar, é claro), o *Cantando em Público* me ajudou a superar o nervosismo e a timidez quando eu precisava. Então, agora proponho uma tarefa para você também superar qualquer vergonha de fazer o que gosta, porque – e aqui vai uma notícia reveladora – a vergonha não tem por que existir! E prometo que você vai dar boas risadas fazendo essa tarefa:

chegou a hora

TAREFA

1. FAÇA UM VÍDEO NO ESTILO DO *CANTANDO*! ESCOLHA UMA MÚSICA, UM LUGAR E SIMPLESMENTE SE SOLTE!
   A. MÚSICA: ....
   B. ONDE: ....
   C. PRECISO DE PARCEIROS PARA APOIO MORAL? QUEM? ....

   ....

2. DEPOIS, CRIE ALGUMA COISA NOVA QUE USE MÚSICA E SEJA A SUA CARA, VALE QUALQUER COISA QUE SEJA LEGAL, ENGRAÇADA E FAÇA AS PESSOAS SAÍREM DA ZONA DE CONFORTO (A COMEÇAR POR VOCÊ MESMO). DEPOIS MANDA LÁ NO CANAL, VOU ADORAR RECEBER SUA AVENTURA E SABER COMO FOI!

MELHORES BRINCADEIRAS (E TROLLADAS) PARA FAZER COM O MELHOR AMIGO

Por onde começar a contar essa longa estrada que foi o É tipo isso?

Fico muito feliz de ter participado de um canal no YouTube que obteve tanto sucesso e acho que foi muito bom, principalmente, para a minha timidez. Mesmo sendo um personagem que nunca fala e não demonstra nenhum tipo de emoção, aparecer na frente da câmera, ter o apoio de quem assistia, ler os comentários positivos em relação ao meu personagem e muitas outras coisas acabaram me ajudando a superar uma boa parte da minha vergonha.

Eu conheci o Caio no cursinho e nunca imaginei que iríamos até aonde chegamos. Com todos esses anos de canal, a gente acabou gravando tanta coisa que fica difícil lembrar de tudo... Quando fizemos três anos, nem acreditei que já tinha passado todo esse tempo, pois parecia bem menos.

Muitas conquistas foram alcançadas, muitas gravações foram realizadas e muito suor foi derramado (principalmente no verão, porque gravar na Avenida Paulista no verão não é para qualquer um), e é muito perceptível a nossa evolução durante esses anos, em questão de qualidade, humor e organização. Acho que tem que ser assim, na vida precisamos evoluir sempre, não só no trabalho, mas como pessoa também.

O melhor momento, na minha opinião, foi quando o canal bombou. Não esperava e quando isso aconteceu foi uma felicidade muito grande; lembro-me de ter aquela sensação de que você não sabe se é sonho ou realidade. Embora víssemos os números de inscritos subindo, não acreditávamos no que estava acontecendo; lembro como se fosse ontem.

Enfim, só tenho que agradecer por tudo que o canal me proporcionou, pelas experiências, pelas risadas e pelo aprendizado. Acho que o canal É tipo isso é o maior exemplo de que você deve ir atrás dos seus sonhos e nunca desistir. Começamos do zero e nos esforçamos muito. Foram madrugadas acordados editando vídeos, dias de gravações que não deram certo, mas todo tipo de esforço acaba compensando depois.

Então se esforce muito se você quer que o seu sonho aconteça, porque o sonho não se realiza do dia para a noite; ele demora para acontecer, mas tenho certeza de que, quando você conseguir, vai ser o melhor dia da sua vida.

JAPONÊS

a cara do Japonês

Prazer: Japonês, leitor. Leitor, Japonês.

Ele é um grande amigo e foi o maior parceiro no começo do canal. Nós morávamos juntos durante a faculdade e ele começou como meu câmera. Era tudo bem amador, mas com o tempo fomos pegando o jeito. Por dois anos e meio ele foi o meu grande parceiro na produção do canal.

Até que eu o chamei para ser personagem e sair um pouco de trás das câmeras... ← *e foi um marco em nossa vida*

No começo ele não gostou nada da ideia, ainda mais porque no primeiro vídeo eu o zoava. Eu só consegui convencê-lo prometendo: “cara, só aparece, não precisa falar nada”.

Quem diria que dessa frase ia nascer o personagem do Japonês? Era isso. Ele aparecia, não falava nada, não expressava nenhuma reação, e o público se apaixonou por ele! Então, se você acha que o único jeito de fazer sucesso no YouTube é falando muito e interagindo o tempo todo, temos aqui a prova de que nem sempre precisa ser assim. Hoje ele até tem o próprio canal, que, aliás, se você ainda não conhece, é o Victor Iwamoto. ← *se inscreve, curte e compartilha!*

O Japa, para mim, representa uma das maiores lições que aprendi na vida: tenha bons amigos, pois são eles que vão ajudá-lo nos momentos de maior perrengue e, por mais vergonha que você esteja passando, continuarão lá contigo!

ou não tão sério assim

Mas agora vamos falar sério: se você acompanha o canal, sabe que já trollei o Japa das maneiras mais loucas possíveis:

- ✓ Já o colei com silver tape em um poste por 24 horas.
- ✓ Também já o colei no teto de um carro.
- ✓ Embalei a sala dele inteira com papel alumínio.
- ✓ Fiz *smack cam* com creme de barbear bem na orelha dele.
- ✓ E muitas (muitas mesmo) outras coisas engraçadas.

Agora é a sua vez: quais foram as melhores pegadinhas que já fez com seus amigos?

....

....

....

....

....

....

....

....

....

Para que a zoeira nunca tenha fim, trouxe mais três pegadinhas bem fáceis que você pode fazer com eles:

no canal, eu e o Japa fizemos cada uma delas!

1. PEGADINHA DO DESODORANTE: Pegue um desodorante *roll on*, tire a bolinha dele e coloque tinta (de qualquer cor) ali dentro. Recoloque a bolinha e chacoalhe bem o desodorante. Ao usá-lo, a pessoa vai ficar colorida!

2. PEGADINHA DO SECADOR: Invada o banheiro de algum amigo e coloque farinha dentro do secador dele (muito cuidado para não derrubar tudo no chão). Na hora de ligar, vai voar farinha pelo banheiro todo!

3. PEGADINHA DA ESPONJA/PÃO DE MEL: Com uma tesoura, recorte uma esponja de lavar louça em um formato bem redondinho. Derreta chocolate, mergulhe a esponja nele e coloque no congelador... vai ficar parecido com um pão de mel! Aí é só esperar e ver a cara da pessoa que for comer!

ESCOLHA UMA NOVA IDEIA PARA TROLLAR SEU MELHOR AMIGO HOJE! VALENDO!!

É TIPO ISSO

DESAFIO ACEITO!

Bom, você me conhece e sabe que amo um desafio, né? Foi por isso que enchi este livro de perguntas para fazer você pensar e agir!

A verdade é que a vida passa rápido demais para ficarmos parados vendo a banda passar, cantando coisas de amor (se você não entendeu, esta é uma das músicas mais famosas de Chico Buarque. Caio também é cultura!). Vamos agir, vamos criar, vamos mudar! Vem comigo? Você aceita esse desafio? Então vamos lá!

1. O que você precisa resolver em si mesmo para começar a andar para a frente com os seus projetos?

( ) Timidez

( ) Procrastinação

( ) Confusão

( ) Falta de foco

( ) Outro: ....

2. Para cada item que você assinalou, proponha um desafio para si mesmo. Por exemplo, se o seu problema for timidez, chame um amigo e faça a pegadinha do manequim vivo em alguma rua bem movimentada! Se estiver à vontade, grave e mande para o meu canal. Use as linhas abaixo para planejar as ações.

....

....

....

....

....

....

....

....

3. Se você pudesse escolher qualquer habilidade do mundo, qual seria?

....

....

....

....

4. Em que essa habilidade o ajudaria? Como você a usaria para o bem?

....

....

....

....

5. O que você precisa fazer para desenvolver essa habilidade? (Se você tiver escolhido "poder voar" ou "ficar invisível", infelizmente não posso ajudá-lo nessa. Se descobrir como fazer isso, então me conte!).

....

....

....

....

PARA FINALIZAR

o pessoal da editora disse que tudo bem

Quero começar o término deste livro (será que está certo isso?) agradecendo por você ter topado mais uma ideia maluca do ***É tipo isso***. Espero que esta leitura tenha oferecido a você o mesmo presente que os vídeos: muita diversão!

Constantemente vamos passar por situações para as quais, aparentemente, não estamos preparados. A verdade é que nunca estaremos completamente prontos para nada, mas, depois de passar pelo desafio, ficamos mais experientes. Tudo na vida vem com um desses objetivos: fortalecer ou ensinar.

Não tenha medo de colocar seus projetos em ação e de sair da sua zona de conforto, pois é só assim que, mesmo errando, você vai crescer cada dia mais!

Preparei esta lista sobre tudo o que falamos no livro para você anotar o que já fez ou ainda precisa fazer. Você pode usá-la como o seu guia para viver uma vida cada vez mais completa, divertida e desafiadora!

( ) ENCONTRE UM PROPÓSITO QUE FAÇA BEM PARA AS PESSOAS.

( ) DÊ UM NOVO SIGNIFICADO PARA SUA VIDA.

( ) FAÇA UM ROTEIRO DE SI MESMO.

( ) SONHE E SEJA LOUCO!

( ) CRIE SEU PERSONAGEM DA MANEIRA QUE VOCÊ QUISER.

( ) TRACE METAS SEMPRE!

( ) ENFRENTE OS DESAFIOS.

( ) CRIE NOVOS PROJETOS SEMPRE E VÁ ATRÁS DE VÊ-LOS CONCRETIZADOS.

( ) ULTRAPASSE OBSTÁCULOS.

( ) EXERCITE A CRIATIVIDADE.

( ) NÃO IMPORTA ONDE ESTEJA, SEJA SEMPRE VOCÊ MESMO.

( ) GARANTA QUE SUA VIDA TENHA UMA ÓTIMA TRILHA SONORA.

( ) TENHA BONS AMIGOS (E NÃO TENHA MEDO DE TROLLÁ-LOS).

( ) PARTA PARA A AÇÃO!

Com o término da leitura, você consegue completar esta frase?

VIVER É TIPO ISSO: ....

....

....

....

não
stiver
scrito
canal,
roveite
chance!

Use a resposta como inspiração para o seu próximo projeto... quem sabe a sua ideia genial não surge a partir daqui.

Como presente por tudo o que você desenvolveu nestas páginas, preparei um vídeo exclusivo! Ele pode ser acessado neste link: https://youtu.be/iMQDIQ64V68.

UFA... ACHO QUE FALEI TUDO, NÉ? NOS VEMOS NO CANAL!

ESTE LIVRO FOI IMPRESSO
PELAS EDIÇÕES LOYOLA
EM PAPEL OFFSET 90G.

valeu, a impressão ficou demais!